KB153887

그리움도 함께 보낸다

이신혜

이신혜 시인은 인향문단에 시를 꾸준하게 발표하면서 시인으로 등단하였습니다.
그동안 썼던 시들을 모아 첫번째 시집 "그리움도 함께 보낸다"를 펴냅니다. 시인은 자신이 생각한 것들을 마음으로나마 같이 나눌 수 있는 그런 작은 기회가 생기기를 바라면서 시집으로 엮었습니다.

시인은 이 시집을 읽는 사람들이 서로 공감하고, 위로받고, 힘을 얻기를 바랍니다. 그리고 이 세상을 살아가는 모든 사람은 시인이라고 생각하면서 이 시집을 읽는 사람들도 자신의 생활과 그리움을 시로 쓰는 것을 시도해보시길 권합니다.

이신혜 창작시집

그리움도 함께 보낸다

초판 인쇄일 2024년 4월 10일
초판 발행일 2024년 4월 10일

지은이 이신혜
펴낸이 장문정
펴낸곳 도서출판 그림책
디자인 이정순 / 정해경
출판등록 제2010-000001
주소 경기도 수원시 영통구 이의동 웰빙타운로 70
연락처 TEL070-4105-8439 (010)2676-9912
E-mail : khbang21@naver.com

그리움도 함께 보낸다

이신혜

시집을 내며

이 시집은 저의 첫 번째 창작시집입니다. "그리움도 함께 보낸다"라는 제목의 시집에는 그리움에 대한 시들이 많이 담겨 있습니다. 그리움은 인간의 기본적인 감정 중 하나입니다. 우리는 삶의 여러 순간들에서 그리움을 느끼고, 표현하고, 극복하려고 합니다. 그리움은 사랑과 이별, 죽음과 삶, 과거와 현재, 자신과 타인, 꿈과 현실 등 나의 모든 삶에 스며들어 있습니다. 그리움은 때로는 아름답고, 때로는 슬프고, 때로는 달콤하고, 때로는 쓰립니다. 이런 나의 마음들을 시로 엮어서 하나의 시집으로 세상에 내 놓습니다.

저는 그리움으로 시로 쓰는 것을 좋아합니다. 시는 그리움을 담기에 가장 적합한 문학 형식이라고 생각합니다. 시는 감정을 간결하고 강렬하게 전달할 수 있습니다. 시는 그리움을 구체적인 심상과 생생한 묘사로 표현할 수 있습니다. 시는 그리움을 음악적인 언어와 리듬으로 표현할 수 있습니다. 시는 그리움을 독자와 공감하고 소통할 수 있습니다. 제가 생각한 것들을 마음으로나마 같이 나눌 수 있는 그런 작은 기회가 생기기를 바라면서 시집으로 엮었습니다. 이 책에는 제가 쓴 창작시들이 수록되어 있습니다. 이 시들은 제가 느낀 다양한 감정들이 특히 그리움을 주제로 하고 있습니다. 제가 그리운 사람들, 장소들, 시간들, 기억들, 감정들, 상황들 등이 시의 소재가 되었습니다. 이 시들은 제가 그리움을 어떻게

느끼고, 표현하고, 극복하려고 했는지를 보여줍니다.

이 시집을 읽는 사람들은 제가 쓴 시들에 대해 서로 공감하고, 위로받고, 힘을 얻으시길 바랍니다. 또한, 그리고 이 세상을 살아가는 모든 사람은 시인이라고 생각합니다. 우리의 삶 자체가 슬픔과 기쁨, 희망과 절망, 사랑과 그리움들을 지니고 살기에 우리들은 모두가 시인이라고 생각합니다. 이 시집을 읽는 사람들도 자신 의 생활과 그리움을 시로 쓰는 것을 시도해보시길 권합니다.

저도 그러했지만 시를 쓴다는 것은 나의 삶을 고통으로부터 치유하고, 또 다른 나를 창조하고 또한 다른 사람과 나를 공유하는 좋은 삶의 도구입니다. 시쓰기를 통하여 우리의 삶이 거듭나기를 바라면서 이 시집을 세상에 내놓습니다.

- 2024년 봄날 이신혜

이신혜 창작시집

그리움도 함께 보낸다

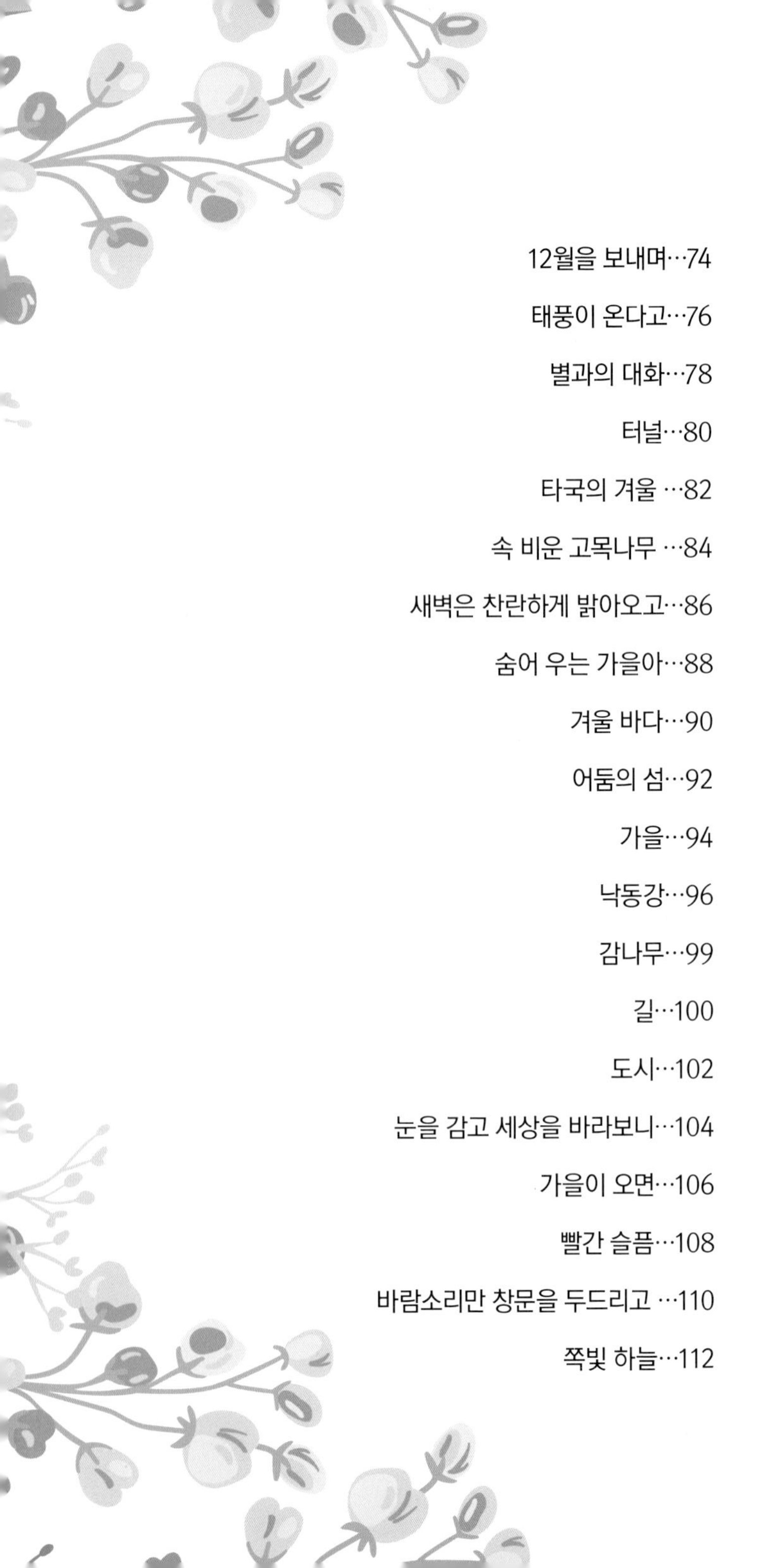

시를 쓴다는 것은
나의 삶을 고통으로부터 치유하고,
또 다른 나를 창조하고
또한 다른 사람과 나를 공유하는
좋은 삶의 도구입니다.
시쓰기를 통하여
우리의 삶이 거듭나기를 바라면서
이 시집을 세상에 내놓습니다.

그리움도 함께 보낸다

이신혜

가을이 왔네요

한참 자고나니
가을이 왔네요

바람의 자락에
얹혀 왔는지
수줍게 물들어 가네요

하늘은 높게
솟구쳐 올라
바람의 장난에
구름을 끌어 모아
파랗게 물감 뿌려요

산허리 자락엔
갈대가 은빛을 토해내며
바람에 몸을 부딪치고

들녘엔 벼이삭이
노오랗게 물들이고
논자락 끝에 핀 코스모스
살랑살랑 가을을 불러 모아
바람 따라 나들이 가라네요

이렇게 가을이 익어가고
나도 익어가네요

시월의 노래

시월의 스산함이
가을을 가져가고
옷깃을 여미게 한다

비는 계절을 잊은 듯
주절주절 아스팔트를 적신다

원하지 않는 손님
칠흑 같은 어둠은
가로등 불빛만 빛나게 하고

작은 빛줄기는
초라하게 흐느적거린다

바람이 지나간 자리엔
아직 단풍도 들지 못한
낙엽들이 서글프게 비에 젖어 흐느끼고

창가에 스며드는 스산함이
잠을 이루지 못하게 한다

유난히 일찍 가려는 시월을 부여잡고
어둠 사이로 빗속을 걸어본다

당신 오실 날 기다리겠소

당신이 떠난 자리에
나팔꽃 덩굴 아름아름 올려
귀하게 꽃 피어

당신 오실 날
기다리겠소

아픈 마음

설익은 열매들이
서걱서걱 잘려 나온다

더위와 목마름
아픈 마음 부여잡고
견디어 보건만

태풍 앞에 어미는
몸부림친다

파랗게 수놓아진
치마폭 속을 꽃피어
즐겁던 기억만 하고

탐스럽게 익어가는
기억만 하고 싶어
가물가물 꺼져가는
한 톨의 기억만 부여잡는다

고향 냄새

어둠이 대지를 잠식하고
별들이 어둠 속에서
빛을 토해내고 있다

창가에 내려앉은 달무리가
무겁게 고목 사이에 걸터앉아
숨을 고른다

다 버린 잎들이 힘 없이
배회하며 사그랑사그랑
빛 바랜 나신 앞에
몸부림치고
칼바람이 달무리 속으로 날아 올라
대지를 정화한다

달무리가 창문 사이를
비집고 들어와
얼굴위로 파고든다

향긋한 고향 냄새가
코 끝에 스며들며
세월의 조각을
불러 모은다

다 버린 세월을
탓하지 말고, 잊자
그저 강물처럼 흐르자

그림 이신혜

가을편지

오늘 누군가 네게 전화라도
해주면 참 좋을 것 같다

오늘 아침에 모닝커피를
같이 먹자고 하면
너무 반가울 것 같다

가을은 속삭이며
네게 숨겨둔 색채를 뿜어 내는데
갈 길 잃은 난
아직 그 자리에서
가을을 꺼내지도 못하고
가버리려는 구멍난 가을을 쳐다본다

들녘에 오글거리는
금빛 햇살이 내게 보낸 편지 한 장

맑은 가을을 지금쯤 가지라고
찬란한 가을이 다 떠나기 전
내 이름 위에 음악을 띄우고
내가 먼저 전화하고
예쁘게 물든 가을을
우체국에 가서 엽서로 띄우리라

그림 이신혜

바람의 소리

10월은
떨어지는 낙엽 소리에 놀라
이렇게 왔다

하늘은 높게 드리워져
바다색으로 갈아입고
숨 죽여 바람의 소리를 듣고

세월의 소리를 깨우며
꽃봉우리 피던 시절도
비바람 치던 여름이란 놈
언제 갔는지 벌써 잊고

새벽녘 창문 사이로 들어오는 샛바람
웅크린 가슴으로 밀어내고

그믐달 걸터앉은
파초나무 파다닥파다닥 바람에 부대끼고

세월이란 놈 참 야박스럽다
잊지도 않고 꼭 찾아온다
세월이란 놈, 걸어도 힘든 길인데
세월이란 놈 스물스물 오고 있다

오지 말라고 해도 언제 왔는지
거울 속에서 만났다

황량한 가을빛에 빛 바랜
갈대처럼 흐느적거리며

초라한 날개의 비상

바람이 살랑살랑
꼬리를 친다

커피 한 잔 들고
바람의 길목에 자리를 잡고 앉아서
세월 흘러
주름 하나 더 얹혀진 내 모습
그린다

추억은 깊어지고
한때 소녀 같은 감성도
옛그림의 영상을 떠올리며
잃어버린
내 젖고 초라한 날개를 찾는다

꿈은 꿈으로 키우고
늙어감은 어쩔 수 없다
두려움 벗고 최선을 다 하자

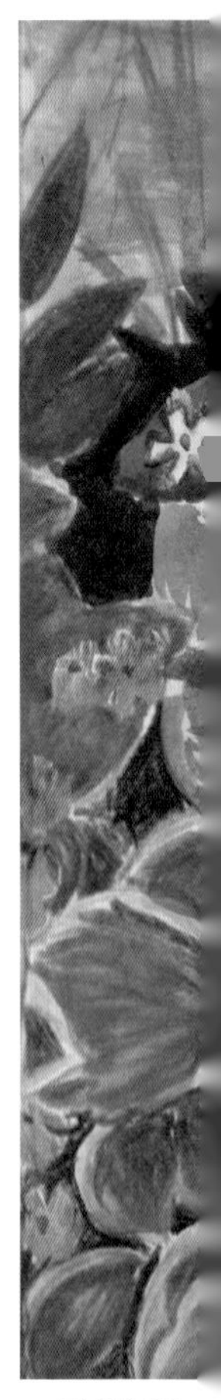
그림 이신혜

기억 저 편에 서서

화려하게 빛나던 시절도
시들어가는
곱씹을 나이들

별도 달도 따 줄듯
하던 님도
잠들은 초라한 모습위로
연민이 느껴져
쪼그라진 얼굴 위
옛 화려함을 그려본다

구부러진 허리 위엔
세월이 쌓여 있고
아직 남은 인생이
어둠처럼 드리워져있다

골목길 모서리에
오래전 깜박거리는 가로등

단감나무에 걸터앉아
익어가는 단감을 바라보듯
이제 잊혀져가는
기억 저 편에 서서
어둠이 내리는
밤하늘을 바라본다

어쩌다
은하수 만나면
눈은 별처럼 반짝이고

아직 이 세상에 남아있음을
감사히 여긴다

그저 다 털고 갈
날들을 그리며

그림 이신혜

입추立秋란다

아직은 복중(伏中)
무더위 속을 허덕여도
가을은 이미 저만치 와 있다는
그런 말일 게다

씨 뿌려 소중하게 자라는 것들을
추수할 날이 멀지 않았다고
늦뿌려 해 가기 전
거두지 못할 것이라도 있을까봐
이제라도 정성을 다해
키워내라는 그런 말일 게다

수고 했다고

이젠 가을에 들어선다고
입추(立秋)란다

그럼에도 태양이
더욱 뜨겁게 타오르는 것은
이 여름에 행여 못다한 일들을
짧은 가을
그리고 긴 겨울이 오기 전
어서 서두르라는
그런 말일 게다

또 가을이 오고 있다고
입추(立秋)란다

아직도 심중에는
뿌려 보지도 못한
숱한 씨앗들이 그대로인데

무심하게도 세월은 벌써
가을을 보내 왔으니
뿌린대로 거두리라는 추상보다
더 냉정한 그런 뜻인 것을

어느덧 이제는 가을을
얘기하여야 한다

우리들의 가을 들녘에는
추수할 것이 무엇이 있는지를

– 입추(立秋)와 함께 전해지는 가을바람

세월을 노래하리라

아침햇살이 공기 중으로 사라진다
오늘처럼 흐린 날은
분위기가 있어 좋고

햇빛 쨍
맑은 날은 밝음이 있어 좋고

비오는 날은
촉촉함이 몸 구석구석
스며들어 좋고

빈 공간 속에 채워져 오는 사랑은
내가 만드는 것이고

음악은 내 영혼을
소리치게 만들고

어느 날의 꿈은
걸음이 끝나기 전
희망의 형상이었으니
나를 흔들어 깨어

기억되는 것이 아닌 나로 돌아가
내 잃어버린 꿈을 모아
흙으로 스며들기 전

바위 덮어 뿌리 내려
작은 잎 하나 틔워
세월 흐르면
더 얹혀진 주름위에
세월을 노래하리라

그림 이신혜

빛나던 봄

반짝 반짝 빛나던 봄
살얼음 위에 힘들게 피어나던 봄

봉우리 봉우리
만들어 터트리던 당신

바람의 속삭임에
환하게 웃던 당신
대지 위에 뿌리던 공기 속에

한 겹 벗어던진 계절 앞에
당신은
또 새로운 모습으로 찾아와서

목련을 깨우고
장미를 피우고
세상 아름다움을 피워내

수채화로 세상을
그려가고 있네요

바삭바삭 마른 여름은
뜨거운 바람 앞에
당신은 지치고

높게만 느껴지던 하늘
오늘은 머리 위에 내려앉아
아픔을 주네요

성급하게 다가온 당신
먼 길 나설 때마다
문설주에 기대어 서서
쉼 없이 노래를 부르고

여름 밤은 글썽글썽 건너오고
푸른잎 달고 찾아온
요철 같은 사랑도
한낮에 잠시 머물다
사라진다

영원한 것은 이 세상에 없다고
잠시 잠깐
세상에 내려 앉는다고
순간순간 흔들어 깨운다

금산의 바다

먼동이 떠오르자
비릿한 바다냄새가 난다

밤바다는 반짝이는
흑진주 같았는데
먼동이 떠오르자
하늘을 꼭 빼 닮은
옥색비단 같다

끝도 없는 지평선 위에
어선들이 줄지어
바다속으로 빨려 들어간다

바람은 쌩
얼굴로 달려들어
깃발을 쉬엄없이 흔들어 제치고
어제도 오늘도 둥둥 떠다닌다

멀리 소록도가 파랗게 떠있고
언제부터인가
바다위에 덩그렇게 우뚝 서있는
철교는 바다속으로
제 모습에 흥겨워 춤을 춘다

금산의 바다는 늘 아름답다
바닷길 구불구불 작고 아담한 섬들 사이로
포말을 그리며 바닷속에 빠져본다
잘게 부서지는 지평선은
오늘도 힘차게 나를 격려한다

시인이 되어 시를 쓴다

무심코 떠가는
저 구름

내 몸에 안긴 봄바람도
두둥실 세상속으로 가버리고

하얀 구름 한 조각
아카시아 향기에
길게 누워
내일이면 떠날 자신을 그린다

옛 그림의 영상 떠올리며
소망의 깃발을 내건다

너무 빨리 지나간
아쉬운 계절 앞에
잃어버린 세월과 또 잊혀져가는 추억

빼앗은 것은 기억 속에 숨고
빼앗긴 것은 기억해
억울하다

이 땅에 모두가
시인이라
진실에 아로새겨져
시를 쓴다

계절의 속삭임에 눈 감고
계절의 향기에 시인이 된다

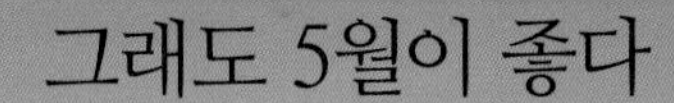

그래도 5월이 좋다

네가 돌아왔구나
5월의 향기 가득 안고서
살짝 숨어버린 4월도 예쁘고
돌아온 너도 예쁘다

오솔길 가득
연분홍 꽃길이 펼쳐진 거리엔
철쭉 홍매화가
눈부시게 곱다

눈꽃 마냥 휘날리는 이팝나무
햇살 간지러워
흐느적거린다

4월은 생명을 주고
5월은 생명의 꽃들이
맘껏 피어오른다

5월이 좋다
모든 계절이 좋다

네가 오고
계절이 오고
나는 반대로 시들어 가는구나

그래도 5월이 좋다
살아 숨쉬는 아찔함이
하늘위에 누워 쉬고 싶다

빈집

빈집에도 꽃이 핀다
풀숲 속에 숨어서
꽃이 핀다

목련이 홀로 피는 집
개나리가 지붕위로
노랗게 물들인 집
하얀 접시꽃이 피어있는 집

뒤뜰에는 사과나무꽃이 홀로 피고
빈집에서 새도 노래한다
엉클어진 덤불 숲에서
찔레가 햇빛 담아 피고 있다

텃밭 사이로 파꽃이
사탕처럼 바람에 서걱서걱 흔들린다

빈집에선 노루귀꽃이
개울가 따라 피어 있고
빈집에는 늘 반짝 반짝
나그네 그리워
꽃을 피운다

8

뒤돌아서면 꿈이었더라

이처럼 소리없이
피어난 그리움
풋풋한 사랑의 향기
손에 한 움큼 쥐면
내 것인 것을…

하지만
뒤돌아서면 꿈이었더라

가까이 다가서면
한 걸음 멀어지고
이것이 사랑이었더라

그대의 향기로
가슴에 묻어두고
바람 부는 날
소리 없이 하늘 위로 올려 보냅니다

개나리 세상 물들일 때
찻잔을 안고 세월을 마시고

세월의 흔적을 고스란히
돌려 보냅니다

황금빛 노을에 아름다움이
노오랗게 젖어듭니다

내 사랑도
피어오릅니다

빈 수레

문득 스쳐 지나간다
나지막이 고개 숙인 상현달이
한 걸음만 다가오라 손짓하네

찬 바람을 맞으며
빌딩 사이에 얌전히 기다리네

고요만을 기다리는 하얀 병동엔
새 희망이 넘실되고

소리없는 발걸음만
정상을 향하고
마주치는 희망은
내일을 일으켜 세우네

넘나드는 불빛은
밤을 깨우고
새 아침 새 희망
오늘은 걸을 거야
길동무 바람이 끌고 갈 거야

환상의 몸부림 속에
기다리는 즐거움은
미래의 종착역이다

후… 불면 흔적도 없이 사라질
차가운 느낌이 가슴을 깨운다

잡을 수도 없는 나의 향기
솜사탕처럼 스며든다

봄비 내리는 날

봄비 사락사락
내리는 날
내 젊음을 같이 보냈다

바람이 불어오는 날에는
아픈 몸뚱아리를
띄워 보냈다

나뭇가지 끝에 걸쳐 두었던
기억들은
햇빛 가지런한 날
하늘 높이 흩날리고

파랗게 움트는
새싹속으로 희망을 보낸다

흐느적거리던
오늘은 쉬엄 없이
흐르는 냇가에 보내고

철 지난 오늘도
구름 위에 띄우고
대답보단 메아리로 남는다

보고프다
그립다
사랑한다

파랗게 출렁이는
바다 깊숙이 구겨 넣고
박음질하고 돌아선다

봄비 내리는 날
빨강 우산 속에서
잿빛 아스팔트 위를 걷는다

잊을 만 하면 그리움

하얀 손위로 매화가 핀다
잠든 겨울 길목에서
수척해진 가지 끝에서
바람이 희미하게
하품을 해도
파르르 벽을 친다

오후의 햇살이
가지런히 꿈을 찾아들 때
꽃망울은 톡톡 피어오른다

개울 물 졸졸졸 노래부르면
쑥부쟁이
냉이
나를 부르네

잊을 만 하면 연둣빛 햇살
잊을 만 하면 소낙비
잊을 만 하면 함박눈
잊을 만 하면 그리움
잊을 만 하면 세월의 무게

노을이 아름답고
그나마 견딜 만하다
사시사철
요란스런 계절 속에서
노래 한 소절 부른다

봄꿈을 실은 매화나무

갈색으로 둔덕을 이룬
나이테 허물을 벗기 위해
피돌이를 한다

봄꿈을 실은 매화나무는
바람에 실려와
피돌이를 한다

태양의 눈빛을 따라
시선이 머문 곳엔
삭아져 내리는
뽕나무 끝에 앉아 있는
비둘기 한 마리

종일토록 닫혀 있는
창문 틈엔 푸른 숨소리가
품속을 더듬어 들어온다

울컥 번지는 고독

해 그물에 걸린
바람이 희미하게
혼자임을 알린다

지금의 고요

하늘자락 끌어올려
빳빳하게 풀 먹여 춤추며
방황하는 바람을 모아본다

부정도 긍정도 아닌 샛바람은
객지로 보내 버리고
평소에 잊었던 나를 찾아들고
서리 낀 봄 창문을 침묵으로 바라본다

뱀 허물 벗듯
털어도 털어도
먼지 낀 마음은 정적만 흐를 뿐

지금의 고요는
어둠을 흔들어 헹구어낸다

평소에 잊었던 나를 찾아들고
바람의 침묵으로 날려 보내고

한번쯤 운명의 신 앞에 서서
살빛 붉은 고뇌를
몽땅 보여주고 싶다

풍선처럼 부풀었던
숲은 아직 외로우며
밀봉해둔 언어는
들판 위를 까치발 들고
서성인다

이 어둠은

까악까악
새벽부터 까마귀가 운다
어둠이 채 가시지도 않은 밤

아름드리 나무가
턱 버티고 있는 사이사이로
겨우 바람이 스치는지
사락사락 낙엽이
땅위로 내려앉는다

낮에는
장엄하고 성스럽던
칠백년은 족히 된다던
엉클러진 머리
태양 향해
멋지게 그림자 드리웠는데

이 어둠은 가지마다
무성히 손짓하는
총칼 든 군대를 그리고 있다

두 눈 꼭 감고 어둠을 헤쳐 본다
금이 간 하늘엔 간간이 별이 박혀 있고
주옥 같은 먼동은
구름사이로 빼꼼히
세상을 향해 발길짓한다

그리움 남겨두고

눈물 뚝뚝 흘리며
2월은 가네
싸늘하게 그리고 창백하게

얼음 녹이는 3월에 밀려
냇가 시냇물이
안개처럼 피어올라
스쳐가는 피에로처럼

어둠이 내려 앉는 늦은 밤
한떨기 동장군은
그렇게 사그라들고

꼬무락꼬무락
땅 속에서는
새로운 삶이 시작되고

아직 미련 남은
네 눈물은 간밤에 내린 서리
물안개처럼 피어올라

버드나무 가지에 살포시 내려앉아
수줍은 아이처럼 눈물 그렁그렁
이별을 이야기 한다

그리움 남겨두고 떠난다

꽃신 신던 날

처음 걸음마 걸을 때
신었던 꽃신
자욱자욱 웃음이었다

발자취 따라
모두가 손뼉 치며
격려하고 웃어주었다

신발이 커지면서
세상은 야박하였다
걷는 길이 힘든 데도
아무도 가슴으로
품어 주지 않았다

서릿발 같은 세상은
가슴속 응어리를 만들어
날리고

부평초 같은 인생은
가을 비껴간 언덕위에 홀로 앉아서
별이 죽어가는 하늘을 보고

어둠이 내려 앉은 늦겨울
한 서린 대나무숲의 울음소리에
가슴속 밑바닥에 조용히 움을 틀어
크고 멋진 구두를 신고
마지막 걸음을 걸어 본다

눈 위에 남긴 발자국은
바람이 미련없이 데려가 버리고

하얀 눈바람이
물안개처럼 피어올라
색동 꽃신
예쁘게 올려놓고 간다

2월

참 편하다
2월이 오니 서서히
땅의 기운이 오는 것 같다

생각해둔 것 있었는데
새로운 날의 설램으로
잊은 것 같다

한장씩 찢겨나가는
달력을 보면
묵은 때 벗는 느낌일까?

오늘도 화사하게
매무새를 가다듬고
가고 있는 오늘과 대화를 하고
보내는 오늘을 격려한다

칼바람 불던 1월을 보내고
조금은 온화한 2월 위에 섰다

시계바늘처럼 돌고 도는
세월 속에 인간은
한낮 낙엽 같은 생명

고목나무의 나신 위에 위태로이 선 인간
그래도 푸르름이 있고
파란 하늘과 구름 바람도 있다

많은걸 가지고도 몰랐던 오늘
2월과 함께 시작한다
땅 위에선 모든 생명을
따뜻한 마음으로
꽃씨 뿌릴 날 기다리고

태양이 뜨겁게 땅 위를 가로지를 때
지상 끝자락에 선
향기로움이 피어오르겠지

첫눈

첫눈 내리던 어린 시절
들녘에는
솜이불 하얗게 펼쳐지고

장독대 위에 눈사람이
커다랗게 자리매김 하고
길인지 담장인지 분간도
안 되는 폭설이 온 날

삽질하며 길을 트던 아버지
장작더미 찾아서
활활 불을 지피시고
따뜻한 아랫목 내어 주시던
아버지

눈 많이 내리던 날
김치전 해서 먹자시던
아버지

이젠 떠나신지
10년도 훌쩍 넘어서고
시골집 담장도 허물어져 사라졌다

첫눈 오는 날은 어김없이
눈 위에 사진 찍고
눈사람 굴리며 사랑을 주시던
아버지

첫눈 못 본지 몇 해 되었다
가슴 속에는 언제나
첫눈의 설레임이 갇혀있고
겨울만 오면 사진속으로 영화속에서
추억을 곰삭히며
아쉬움에 언제인가
나의 겨울을 찾을 것이다

- 눈이 내리네를 들으며

설

까치, 까치 설날 까치가
추위에 어디로 갔을까?
가슴 아리도록
그리운 추억이다

설빔 기다리는 밤

색깔 고운 고무신 신고
뽀드득 뽀드득 눈길 걸으며
새해를 열고
새록새록 어제를 정리하고
내일을 그려서 머리에 넣고

맘 가는 데로
발길 가는 데로
망아지 마냥 뛰던 시절

들판은 하얀 눈밭이고
길게 늘어진 강은
반짝 반짝 얼음나라다

나무에 철사로 만든
멋진 스케이트
해지는 줄 모르고 달리고 달린다

목마르면 고드름 꺾어서 먹고
저녁 놀 빨갛게 올라와도

그저 신이 났다
어둠이 내치지만 않는다면
밤 새워 탈 걸

저녁 연기
스산히 올라오면
구수한 보리밥 익어가는 소리가
들판을 가로질러 일렁이고
배고픔에 일어서서
젖은 옷 털고
집으로 간다

바람의 언덕 너머로

어둠을 붙잡아도
어둠은 새벽을 데려오더라
바람을 낚아채도
비바람을 몰고오더라

천둥 번개 속에 갇혀도
태풍은 소나기를 데려오고
거침없이 대지를 적시더라

수많은 빗줄기는 강물을 이루고
많은 생명을 살리더라

떨어지는 꽃잎은
내 나이가 들어감이고
세월감이더라

나뭇가지에 남은 낡은 잎들은
쓸쓸히 늙어가는
그리움이더라

처마 밑 떨어지는
빗물은 내 눈물이었고
태풍 몰아쳐오던
그 한 해 한 해는
인생사 부질없던 삶이었고

밤과 낮도 소중하고
파아란 하늘도 감겨 안기던
바람도
모두가 그리움이고
눈물이더라

남겨진 아픔은
바람결에 보내고
무지개 언덕을 향해
가보리라

바람의 언덕
너머로

오늘 떠나는 널 잡고

잊고 산다고 잊어질까?

만나면 헤어지고
모두가 떠나가네

먼 발치에서
바라만 보다가
떠나보낸다

아쉬움은 구름처럼
떠다니고
먹구름 천둥 되어
마음을 좀먹는다

만남도 인연이고
쉬 보낼 수도 없어서
동구 밖 너머
먼 산 바라본다

잔잔한 호수에
스며드는 달님이
바람이 불어
몇 개로 일렁이고

메마른 가슴에
남은 한 줄기 바람

인생은 되돌아가는 길도
다시라는 것도 없으니
사랑하고
사랑했던 기억만
가슴에 품고

마지막 모습이 될지도 모를
오늘
떠나는 널 잡고
눈물을 뿌린다

아직 많은 꿈이 나를 기다리니까

망고나무꽃이 피고 있다
가로수가
망고나무와 마호가니 나무다

사그랑거리는
나뭇가지 부딪히는
소리가 달빛 타고
창문 넘어 들어온다

파초 잎이 너무 커서
바람소리에 맞춰
춤을 추고

긴 밤인데
아직 고양이들은 잠을 안자고
야옹거린다

12마리의 길 고양이는
아예 집 앞 차고에
자리를 잡고 있다

잠시 비운 고향이 그리워
바람결에 소식 전하고
다 낡은 사람 냄새도
전하고 싶다

꽃처럼 살려고
바람처럼 살고 싶어
달빛 속으로 숨어들어
꿈을 꾼다

아직 많은 꿈이
나를 기다리니까

마음

마음은 살 수도
팔 수도 없다

눈 감으면 나의 삶이
길동무가 되어
나를 둘러싸고
나의 곁에 늘 있다

인생의 길동무
어렵고 힘든 여정
깊이 있게 다듬어 걸어왔다

세월은 하염없이
뛰어가고
시간도 잘도 뛰어간다

나는 갈 준비도 못하고
돌계단에 앉아
황금빛 빛살을 바라본다

먼지처럼 흩날리는
나의 지나온 인생이
산의 전망속에 묻혀
석양의 황량한
풍경을 붉게 물들여 간다

멀리 긴 바람이 들판을 훑으며
나의 마음을 쓰다듬어
무질서 속에서 꺼내주며
아늑한 저녁놀 속으로 스며든다

살 수도 없고
팔 수도 없는 마음을
나눌 수는 있으니
나누자! 맘껏

12월을 보내며

유난히 많은걸
가지고 떠나야 하는
12월아

질척이던 오늘
이 땅의 아픔을
모아 모아 가져가시게

살구꽃 곱게 피던
들판만 기억에 남기고

실개울 버드나무 잎 사이로
바람의 날개도
아스라이 피어오르던
아지랑이 언덕과 강 언덕에
은빛 갈대숲도 기억하고

감 홍시 익어가는 늙은 고목나무도
붉게 물든 가을산과
서리 내려 아삭거리던 들녁 볏단들도
손 시려 호호거리며 즐겁던 겨울도
12월 서릿발 같은 동장군도

올 한해의
수 많은 사연을 간직하고
곧 떠날 널

아쉬움은 크지만
새로운 날들의
희망으로
쨍 하고 널 고이
바람의 품으로
보낸다

태풍이 온다고

하늘이 싸늘하게
검게 물들어간다

바람은 길가의 흙먼지를 일으켜 세우며
아름드리 나무들을 뒤흔들어 깨우고

꿋꿋이 견디던 잎새들도
바람의 무게에 못 이겨 낙하하고 있다

분홍빛 아름다움을 뽐내던 꽃들도
바람에 찢어져 나뒹굴고

태풍의 눈은 멀리에서 시작해서
어둠이 내리면서 후드득 후드득
비를 몰고 왔다

며칠 전 힘겹게 썰어 말린
노니 열매가 생각났으나
밤이 무서워 그냥
방치해 두기로 했다

창문 밖에 키만 멀대 마냥 크고
열리지도 않는 바나나나무도

휘청거려서
임시방편으로 끈으로 매두었더니
그런다고 뽑힐 꺼 안 넘어지냐고 핀잔을 준다

비는 요란스런 전주곡에 비하여
아주 조용히 사랑사랑 내린다

메말라가던 나무들에겐
꿀 같은 비인 것 같다

창문 틈으로 먼지 냄새가
매캐하게 스며들고
낙엽 썩는 냄새가 피어오른다

바나나 잎 사이로
떨어지는 빗줄기는 조용히 조용히
밤을 적셔가고 있다

별과의 대화

참 잠이 없다
어둠이 내리면 겁이 난다
수면제 한 알 꺼내들고
먹을까?
견뎌볼까?

말똥말똥 거리는 눈알은
빽빽하게 희번덕거리고
일어나서 이 방, 저 방 다녀도 보고
청소도 해보고
서랍 정리해서 묵은 내 껍질들을
또 탈탈 털어내어도 보고
이 생각 저 생각에
갑자기 눈물이 나서
운다

이 나이에 엄마가 보고 싶어
한 평생 고생만 하다 가신
엄마가 자꾸 생각 나 맘이 아프다

철없어 다 못다한 효라는 것이
가슴에 사무쳐
마음 한켠에는
늘 아리고 쓰라리다

아버지의 자리는 늘 아련하지만
왜 유독 엄마는 아플까?
3시가 훌쩍 넘어가는 데도
별을 세고 있다

유난히 많은 별들이
빛을 토해 내고 있다

내일은 맑고 고운 날이 되리라
잠 못 이루는 밤에는
별빛을 받으며
별과의 대화도 해 본다

터널

기억의 강을 거슬러 올라간다
안개가 포말처럼 밀려든다
저편 어딘가 넘나드는 어둠
아득히 차오르는 이슬

찬란한 햇살이 대지를 불태우고
구름 사이를 넘나드는
바람이 어둠을 실어온다

다 잠든 적막한 밤

아름드리 나무사이로
달빛이 걸터앉아 노래를 부른다

어둠을 깨우고 바람을 불러모아
마른번개 쿵쾅 대지를 뒤집는다

언제였을까? 대지가 변해가던 것이…
무수히 많은 세월 속
꽃이 피고 낙엽이 지고
아장거리던 걸음이 빨라지고
천사의 미소가 사라지던 날

세상은 팔랑개비처럼
처참히 부서져 어둠에 깃들어가고 있다

우리네 모두가 기억의 터널 속에 갇혀
나오는 걸 잊고 산다

긴 터널 속에서 나오지 못하는 현실

타국의 겨울

사부작 사부작
나뭇잎들이 저들끼리
부딪쳐 소곤거리는 소리가
조용히 들려온다

구석구석에 심어둔 장미가
머금고 있던 향긋함을 흘려보낸다

수많은 별들이 무리를 이루며
속살거리는 어둠속에
달무리가 달을 감싸안고
달구름이 느리게 흘러간다

두드려도 열리지 않는
달속에 갇혀 단념하고 만다

숲이라고 하기엔
민망할 정도로 작은 동산이지만
청량한 바람이
향기로 온몸을 자극한다

커다란 나무가 차양처럼
그늘을 드리우고
잎사이 사이로 햇살이

깨진 유리조각처럼
잘게 흩어졌다 모였다
떠다닌다

햇살이 떠다니는
호수의 수면위에 낮잠을 잔다
손마디 마디 사이로 서늘한
바람이 파고든다

속 비운 고목나무

바람은 구름을 싸안고
세상 돌고돌고
구름은 바람 따라 나들이 가고

빛 바랜 하늘은
세상을 다 가지고
떠돌이 바람과 만찬을 한다

까맣게 그을린 밤하늘
별들은 반짝 반짝 빛을 토하고
반달위에 걸터앉은 작은 별
구름속으로 숨어버린다

하늘은 모든 것들을 끌어안고
언제나 변함없다

내 그리움은 하나 던져도
되돌아오고
외로움 소리쳐 외쳐도 돌아온다

까맣게 타들어가는
외로움에, 아픔에
꺼져가는 그리움의 생체기

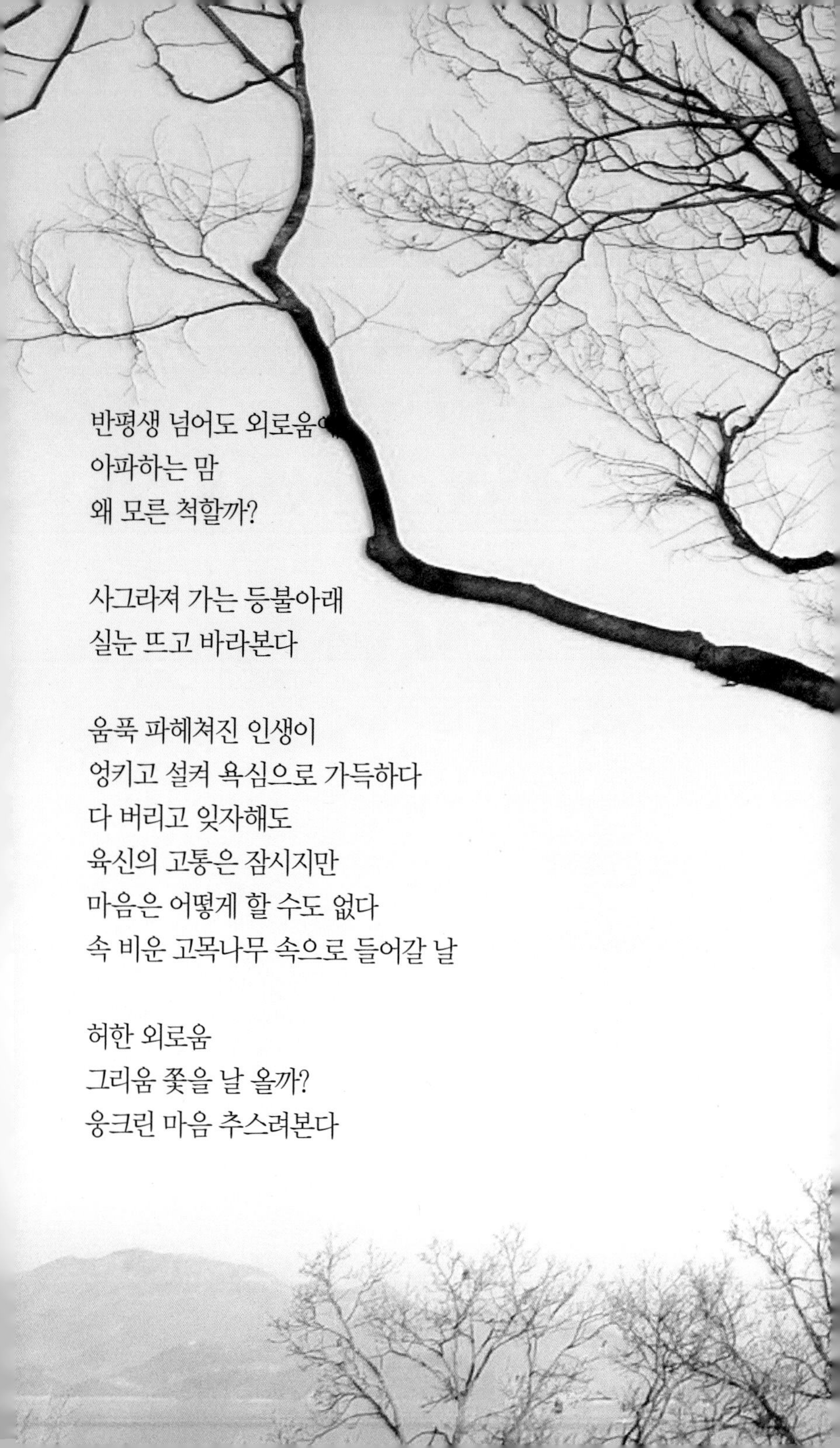

반평생 넘어도 외로움에
아파하는 맘
왜 모른 척할까?

사그라져 가는 등불아래
실눈 뜨고 바라본다

움푹 파헤쳐진 인생이
엉키고 설켜 욕심으로 가득하다
다 버리고 잊자해도
육신의 고통은 잠시지만
마음은 어떻게 할 수도 없다
속 비운 고목나무 속으로 들어갈 날

허한 외로움
그리움 쫓을 날 올까?
웅크린 마음 추스려본다

새벽은 찬란하게 밝아오고

밤하늘에 반짝이는
별이 좋아
별 보고파 무등산 간다

별동산에 앉아
큰별 하나 따서
주머니 깊숙이 넣어두고

그믐달속에 숨어든
아기별도 찾아서
가슴에 묻는다

바람은 구름을 데려와
별빛을 가린다
검은 장벽이 별빛을 토해내도
달님은 바람 따라
구름 속에 갇혀버렸다

하얗게 물들어가는 해오름
달빛도 별빛도
빛 잃어 바람 속에 숨어 운다

대지의 새벽은 찬란하게 밝아오고
삶은 어김없이 찾아온다

다 잃어버린 잿빛 도시
별도 달도 멍들어버린
이 도시

하늘을 울리는 아파트는
높게 높게 자꾸 올라간다

현실은 아스팔트위에
스물스물 올라오고
인간미를 잃어가는
자신 앞에 작은 별을 꺼내본다

숨어 우는 가을아

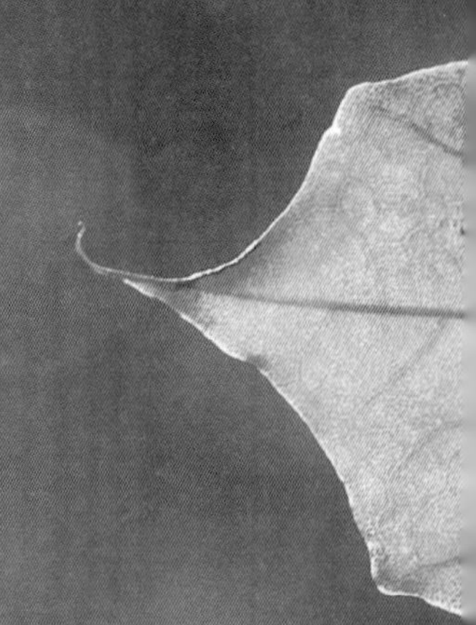

하늘은 잿빛으로 물들어 있고
앙상하게 나신을 드러낸
가을이 산등선 위에서 울음을 토한다

보내기 싫다고 잡으려 해도
계절의 신은 어김없이 온다

나를 위해 떨어뜨린
수많은 아름다움은
소복소복 산자락에 이불을 깐다

속살거리며 가을은
그리움을 간직한 채
돌아올 시간을 사랑으로 기다린다

갈대가 하얗게 부서지고
가을이 녹아내려도
마음은 잠식당하지 않고

혀끝에서 부터
가을은 느껴지고
머리 끝, 눈과 코에서
향기가 밀려든다

겨울 바다

겨울 바다는 쓸쓸하다

다 버리고 간 사연들을
모래 속으로 말아안고
서글프게
노래를 부른다

내가 버린 아픔도
햇살 담아 환하게 웃던 모습도
겨울바다는
길게 포말을 토해내며
노래를 한다

뜨거운 여름도
아름다운 가을도
다가올 겨울도
바다는 숙명인듯 받아들인다

모래톱언덕 너울진 억새 무리
하얀 머리 흩날리며
하늘을 향해 춤을 춘다

바람의 나라
제주의 바다는
더 서글프다

하얗게 부서지는
바람의 넋두리

바람속으로 날아오르는
태양도 흐느적흐느적
황금빛 비늘로
제주의 바다를 물들인다

– 제주의 바다에서

어둠의 섬

모든 것을 덮어버린 어둠
어둠속에서 잠시
숨을 고른다

빌딩 숲 사이에 달님이 걸터앉아
어둠을 즐기고
큰별이 나를 맞이한다
어둠의 섬에 갇혀 헤엄을 친다

깊은 어둠은 깊게 깊숙이
어둠 속으로 밀어넣는다
이 어둠이 왜 편할까?

희뿌옇게 먼동이
빌딩 사이로 밀려오면
불안한 마음 부여잡고
바쁘게 세월 따라간다

하얗게 밝아오는 하늘 속
색 바랜 가을을 바라본다

가을

가을은 참 예쁘다
가을은 어디를 가도
참 예쁘다

나무 사이로 헤집고 다니는
바람도 예쁘고
햇살이 나뭇가지 끝에
둥지 틀고 앉아 있어도 예쁘고

구름이 가던 길 멈추고
수채화를 뿌릴 때도

벌레 먹은 낙엽도
길 위에 깔린 낙엽도 예쁘다

가을은 따뜻하게 와서
향기를 남긴다

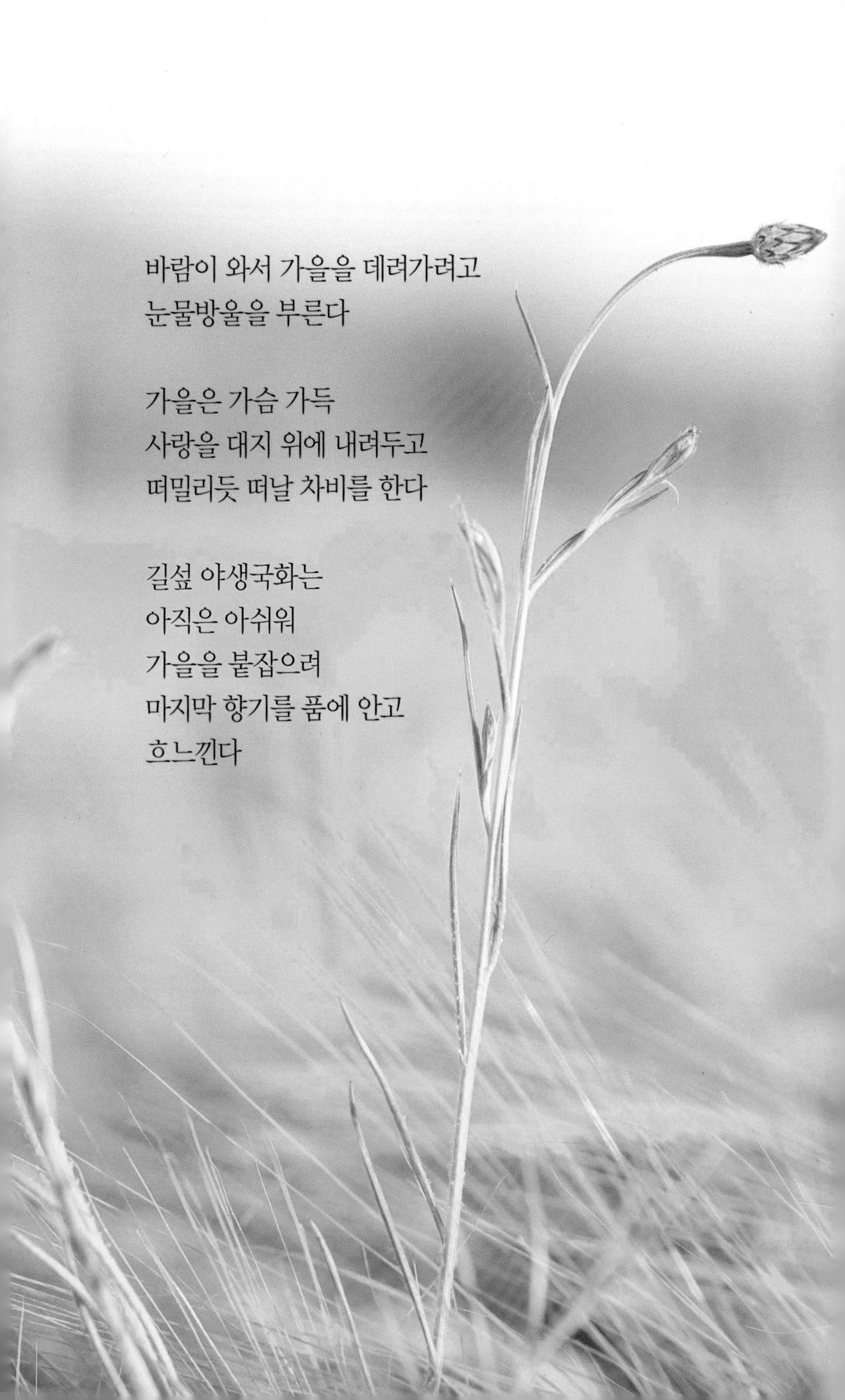

바람이 와서 가을을 데려가려고
눈물방울을 부른다

가을은 가슴 가득
사랑을 대지 위에 내려두고
떠밀리듯 떠날 차비를 한다

길섶 야생국화는
아직은 아쉬워
가을을 붙잡으려
마지막 향기를 품에 안고
흐느낀다

낙동강

댐이 토해내는 하얀
물 안개 사이로 어설프리
먼동이 피어오른다

흐르는 세월만큼
나이 들어가는 날
강물은 쉬엄없이 떠돈다

넓고 탁 트인 강 언저리엔
빌딩 숲도 숨어있고
하늘거리는 억새도 부르고

깐죽거리는 조약돌도
쉬어가라 붙잡아도
강물은 쉬엄없이 긴 여정을 향해
바위 틈 사이로
출렁거리며 유유히 간다

떠오르는 햇살도
반짝이는 물결도
어둠 속에서 웃어 주던
달님도 별님도

강물 깊숙이 쓸어안고
졸졸졸 갈 길을 간다

저 강물처럼 교만하지 않고
세상과 부딪히며
야생화처럼
때론 물이끼처럼
서서히
내 삶을 그려가고 있다

감나무

감나무 사이로
따사로운 가을 햇살이 내려앉아
낙엽 지는 널 바라본다

작년엔 풍성하게 열리던 넌
세월의 무게를 피하지 못하고
앙상하게 메말라 가고

늘 풍성함을 주던 넌
까치밥만 남기고
모두를 잃었구나

빨갛게 옷도 입기 전에
찬 서리 몰아쳐
일찍 너의 가을을 잃어버렸구나

앙상한 잎 사이로 바람이 스며들어
사그랑 사그랑 노래를 부르고
한 낮 쉬어가는
갈 길 바쁜 가을 나그네

한 잠 푹 쉬고 꼭 돌아오라고
바람 속으로 편지를 보낸다

길

긴 터널 끝자락 작은 오솔길
길인지 풀숲인지
벼랑끝에 어슷하게 그려진 발자취는
누군가 언제인가 다녀간 자리인듯
너덜거리며 누워있는 쑥부쟁이와
색 바랜 풀잎들

억새가 가지런히 너울거리고
코끝을 자극하는
남겨진 가을이 조그마하고 구부러진
가을길을 눈 감고
바람을 불러모아 본다

바람은 온 몸을 쓸어안고
오솔길을 달려
마지막 가을을 눈부시게 낚아 올린다

가을길 위에 서서
내가 온 길을 내려다본다
작고 볼품없는 작은 오솔길

그래도 그 길은 삶이 깃든 다정한 아담한 길이다
넓고 크고 긴 길 보다 비탈지고 험난한
오솔길 지나 구름위에 나를 올려본다

산천은 푸르고 가을은 익어가고
바람은 쉬엄쉬엄 쉬어가라 한다

도시

터엉 비워져 가는
도시의 아스팔트
어둠이 무게를 이기지 못하고
쏟아져 내리고

수많던 사람 모두 사라지고
휑 비워버린 도시속 가로등

달빛에 가려 쉬엄쉬엄
빛을 토해낸다

바쁘게 복잡하게
뒤엉킨 삶도 잠시
휴식을 취하고 골목길
구석진 언저리도
고양이의 안식처가 된다
어둠은 쉬어가는 쉼터…

잊자! 모든 것
내일은 내일의 날들이
기다린다

도시의 아스팔트는
차갑게 식어가고
어둠에 눈물 흘린다

눈을 감고 세상을 바라보니

그저 훌훌 발길 가는 대로 가는 여행

이젠 어렵다
세월은 따라가도
잡을 수 없고
쉬엄쉬엄 놀다 오래도 말을 안 듣네

별도 달도 잠들은
깜깜한 밤
바다속 깊숙이 숨어서 일렁이는 반달

바람은 옷깃 속을 파고들어
그리움을 꺼내고
추억을 가슴에 묻는다

눈에 넣어도 아프지 않던 추억은
희미한 등대마냥
깜박깜박 거리고

잊고 싶었던 아픔마저 꺼내들고
5월을 달린다
화려했던 시절, 5월이 시들면
바람도 지치고
떨어져버린 내 마음도
빗속으로 사라진다

눈을 감고 세상을 바라보니
넓고 넓어 기질 수도 없다
내 삶속에 바람이 일렁이고
바람 따라 산 세월

이젠 나무그늘에
쉬어 가라 하네

가을이 오면

먼 하늘위에 뻥 뚫린
하늘 위로 날고 싶다

가을이 오면 노오란 들국화 한들거리는
들녘위에 서서 추억을 심고 싶다

내 가을은 항상 풍요롭고 오색찬란하게 왔다
서럽게 울던 갈대숲도
가을이 데리고 온 바람의 날갯짓 위로
은빛 머리를 찬란히 나부끼며
태양을 높이 쏘아 올렸다

난 가을이 오기를 기다렸는가?
온 가을이 기쁨인가?
가을 들녘에 넘어가는 볏단 사이로
황혼이 붉게 물들여지고
삶의 무게가 펴진다

가을이 오면 내게 묻는다
잘 살아 왔냐고
남에게 상처될 행동은 말은 안했냐고
가을바람 속에 나를 보낸다

앞으로 남은 날들은
가을 아래에 기대서 편지를 쓴다

쓸쓸히 지는 가을에게
희망은 언제나 있고
세상은 아직 살 만하다

빨간 슬픔

비는 오락가락 계속 대지를 적시고
하늘은 검게 그을러 가고 있다

달 구경한 지가 언제인지
별 구경한 지가 생각도 안 난다

바람도 태풍이라 무섭고
하늘은 더 세차게 퍼 붓는다

8월은 이렇게 요란스럽게 와서
열심히 키운 모든 것을 앗아간다

낙엽처럼 떨어진
사과를 보니 자식 잃은
아픔이 가슴을 도려낸다

처마 밑 채송화가 파르르 떤다
푹푹 파인 처마 밑 구멍들은
지난해 작은 돌로 메꾸었건만

다시 생채기를 내고 있고
쏟아지는 빗줄기를 보며
멍구가 왈왈왈 짖는다

담장에 걸터앉은 늙은 호박은
깨끗이 목욕하며
햇님을 기다린다

마당 그득 차오르는 황토색 토사는
야트막한 산에서 내려온다

대문 옆 10년 넘은 백일홍은
붉은 꽃잎을 떨쳐내며 눈물을 흘린다

황토물 위로 빨간 슬픔이
둥둥 떠간다

바람소리만 창문을 두드리고

울컥울컥 올라오는
아픈 가슴은 세월의 무게 속에
더 심해지고 아픈 허리는
나을 기회가 없다

책망하듯 쳐다보는 나를
모르는 척하기에는 너무 나약한
자신이 한심스럽다

숨이 콱 막혀온다
불안하면 나오는 기침은
그이의 화를 더 돋우어서
날을 세우게 하고
숨죽여 이부자리에 기어들어가
잠을 청한다

오늘도 잠은 달아나고
성질난 바람소리만 창문을 두드린다
양도 몇 백 마리 키워 보고
노래도 들어도 새벽 한 시가 넘어가는데

더욱 더 초롱해지는 내 눈은
어쩌면 좋을지
내일 골프만 나가지 않으면 그냥 새우련만
어쩔 수 없이 수면제 먹고
잠자리에 누었다

이 밤이 내 의지도 없이
또 하얗게 잠이 들기를 바라며…

쪽빛 하늘

끝자락에 밀짚모자 눌러 쓰고
빙그레 웃는 허수아비

바람에 지치고 힘들만 하건만
언제나 그 자리에 서있네요

황금빛 벼이삭이 바람결에 춤출 때
참새가 재잘재잘 맴돌 때
희미한 미소를 맘껏 날리고

고추잠자리 살며시 곁을 내 주고
드넓은 세상을 휘돌아보며

농부의 한숨이 가슴 아파
안타까운 눈물 토해낸다

낡을 대로 낡은 마음의 아픔
휘영청 보름달 떠오르면
올해의 안녕을 기약한다

계절의 흔적

아카시아 향기가 채 떠나기 전
라일락 꽃내음이 하늘을 적시더니

무더위 방긋방긋 장미가 피어나고
쉴 사이 없이 그렇게
꽃들의 잔치가 벌어지고

빛 바랜 창가에도 더위에 지친 바람이
숨죽여 들어와 또아리 틀어 맴돈다

9월의 장마는 태풍을 몰고 와
모든 걸 삼키며 가고
또 비틀거리며 일어서서
가을을 준비하는
계절의 흔적

부비적부비적거리며 일어서는
코스모스

환하게 웃으며
파란하늘 불러서 파티를 한다

은빛 실안개는 하늘로
끝없이 날아오른다

이 밤이 새고 나면

칠흑 같은 어둠이
자리를 차지하고
너무 고요함에 소름이
송골송골 오른다

톡 하면 떨어질 것 같은
아기별 무리가 수 놓아가 간다
모처럼 보는 별난 풍경에 빠져든다
반짝반짝 거리다가
하나의 별이 땅 위로 내려온다

나뭇가지 사이로 들어갔을까?
어디로 갔을까?

그믐달은 높은 가지에 걸터앉아
사색을 즐기고

숨죽여 우는
바람은 갈 길을 잃고
구름 위로 숨어버렸다

이 밤이 새고 나면
사라져 버릴 모든 것들
숨죽여
내 삶도 생각해 보자

깊은 바다

모래 바람이 분다
금빛 찬란한 둔턱 위에
반짝이며 흩어진다

지평선 건너 너울이 넘실거리며
금빛비늘을 뿌리며 달린다

조각 난 바위는
말이 없고
바다는 바위에 몸을 던진다

하얗게 부서지는
바다는 더 큰 모습으로 달려들어
방울방울
거품을 토해낸다

바다는 속 깊은 맘을
들으라는 듯
끝없이 포말을 만든다

넓고 깊은 바다도
바람의 부름에
부셔버린다

바람은 가지 끝에 잠시 머물러

밤 하늘이 불그스럼 하게 색칠해 간다
장마가 아직 하늘자락에 걸쳐 있는데
오색 물감을 뿌리고 있다

화려하게 물든 하늘 아래
가로등이 숨을 죽이고 깜박거린다

향기를 뿜은 바람이
몸을 휘감고 길게 날아간다

거리엔 아스팔트와 나
빌딩을 다 덮어버린 고목의 위대함

자연은 매력을 뿜어내고 있고
바람은 가지 끝에 잠시 머물러
소곤소곤
세상 소식을 전한다

매캐한 땅냄새가
함께 소곤소곤 이야기 한다

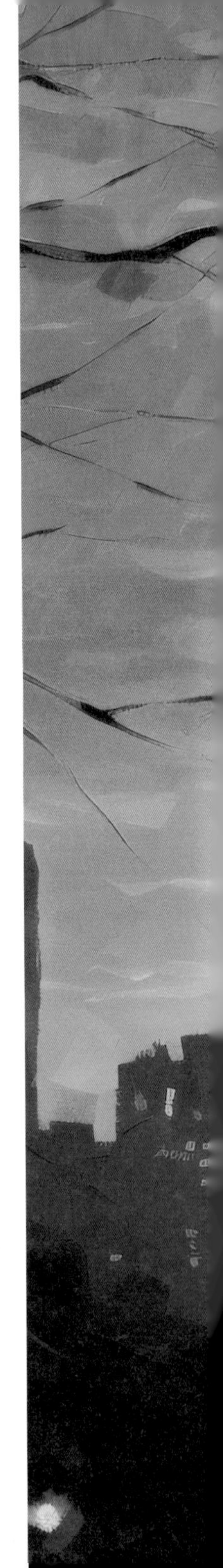

가을의 풍경

바람길 따라 걸어간다
논두렁 길 따라 걸어간다

둔턱에 앉은뱅이 민들레 홀씨
바람에 나비처럼 나른다

햇살 받아 익어가는 벼이삭들이
더위에 지쳐 배수진을 친다

개구리 개골개골 목청도 크다
수염 긴 방아깨비 여기 있네

바람이 훑고 지나간 자리엔
오색무지개 기지개 피고
벼이삭 알알이 채워져가네

허수아비 한더위에 지칠 만 하건만
참새랑 친구 삼아 소나기를 불러 보네

먹구름은 어디 가서 불러도 없고
솜털구름 뭉게뭉게 그림만 그리누나

그리움도 함께 보낸다

강물에 꽃잎 하나 띄운다
그리움도 함께 보낸다

동구 밖 샛길에 해당화가 곱게 피었다
고운 님 오실까?

비릿한 바다냄새가
더위에 지친 다리 사이로 덮쳐온다

어제 버린 별빛이
오늘은 고목나무에 걸려서 목 놓아 운다

어둠에 갇힌 천년 묵은
아름드리 나무도 갈기만 보일 뿐

어둠은
꽃도 길도 시냇물도
대지도 묻어 버린다

구름 사이로 빼꼼히
내민 달빛이…

73

낡고 녹슨 나의 지붕

툭 뚜둑 차르르 뚝딱
웅장하게 퍼져나가는
베토벤 소나타

눈을 감고 손가락 끝으로
어둠을 향해 휘젓는다

청아한 리듬 타고
양철 지붕은 수 없이
콩나물을 그려내고
빗줄기 타고 오르락내리락
비창과 운명을 토해낸다

눈을 지그시 감고
무대 위에 서서 힘껏
지휘봉을 휘두른다

박수소리가 처마 밑에 묻혀 버벅거리고
낡고 녹슨 나의 지붕은
언제나 나의 친구다

시간은 세월을 기다려 주지 않고

달아나
난, 사랑 잡을 길 없어

먼 길 떠난 내 사랑아
꽃송이 몽글몽글 맺히던 시절

사랑인줄 모르고
마냥 즐거웠고

꽃송이 활짝 피었을 땐
벌이 내게 많이도 와서 나만 꽃이라
하늘 높은 줄 몰랐다

비바람 천둥 지나간 뒤에
내 사랑도 함께 사라져 갔다

시간은 세월을
기다려 주지 않고
속절없이 목 놓아 울어본다

9월이 오는 소리

바람이 전해주네
9월은 장맛비와 함께
산듯하게 찾아오고
비에 젖은 나뭇잎은
힘없이 춤을 춘다

장맛비는 오색 줄 위를 넘나들며
노래를 부른다

따닥 따다닥
처마 밑 돌에서 튕겨내는 화음은
밤이 가는 줄 모르고
작품을 써 내리고 있다

바나나 잎이 사랑거리며
빗속에 여인을 부르고
작은 열매를 잔뜩 안고 있는
파파야 나무도 파르르 떨며
눈물에 젖어있고

밤이 깊어가고
바람 번개가 번쩍이며
하늘을 갈라내도
9월은 약속이나 하듯 오고 있고

창밖 너머 싸늘히 식어가는
여름을 보며 입꼬리 올리며
작은 미소 날린다

장대비 내리는 날의 풍경

아침햇살이 공기 중으로
사라진다

하늘은 무겁게 내려와
소리 친다

땅이 꺼져라 외친다
번개가 세상을 삼키려 한다
두려움에 두 눈을 감는다

짜르르 찰칵 하늘을
가르는 장대비가 쏟아진다

작은 풀잎들은
파르르 두려움에 웅크리고
키 큰 고목에선
쉬엄없이 눈물을 쏟아낸다

황혼 이혼

밤 새워 생각해도 억울한 마음뿐 아린 마음뿐
날 새면 그냥 떠나야지 하고 작은 가방 하나 싼다
구석진 곳에 세워두고
아침밥을 해서 상 위에 놓고 먹으라고
두 번 세 번 불러도 아직 오지 않는다
밥은 식고 국은 다시 데우고
생선은 다시 데워서 또 부른다

밥이 왜 질척거려 국은 싱겁고 투정이 시작된다
소금통 옆에 갖다 주고 앉아
밥 한술 뜨려 하자 잔소리가 시작된다
뭔 소린지? 매일 들어 밥맛이 달아난다
국에 팍 말아 몇 수저 들고 커피 내린다

설거지 끝내고 돌아서면 점심 준비다
아침국 남아 있어 주니 수저도 안 뜨고
이렇게 먹고살아야 하나 하며 짜증낸다

십 수년을 손끝에 물 마른 날 없이 살았으나
아직도 칼날 같은 성격은 변함이 없고
바들거리는 가슴 쓸어 안고 잠을 청해도
잠은 통 들지 못하고 내일은 어떻게 지낼 지 걱정이 앞선다
다 그렇게 사는 거라고 말한다 카드 하나 없고
나의 이름은 없다

밖에 혼자 나갈 수도 없고 나가면 어디냐
왜 늦냐 그 소리 싫어서
방콕 생활 십 수년 이젠 친구도 없고 나갈 때도 없다

용기 내어 한 발자국 내보려고 자는 남편 들여다보니
그 좋던 얼굴 어디 가고
왜소하고 주름진 늙은이가 웅크리고 있다

누구지 하고 한참 들여다보니 사납던 남편이
아기마냥 자고 있다
평생을 돈 버는 기계로 살았던 볼품없는 남편이
애증으로 돌아선다
내가 없으면 꼼짝 없이 아이가 되어버릴 남편이 가여워
밥 하는 법은 가르쳐 주고 가자 하고 잠을 청한다

빨래하는 것도 청소하는 것도 못하고 오직 밥 먹는 것
잔 소리하는 것 밖에 모르는 남편
칠십 평생 넘게 되풀이되는 짐 싸기
아이들도 짝 찾아 떠나고 둘만 남은 오늘은 더 쓸쓸한데
왜 아픔을 나눌 수 없는지 모르겠다

오늘도 가방을 싸서 나갈 길을 찾고 있지만
수많은 추억 앞에 무너져 내린다
갈 곳이 딱히 없고 길들여진 자신이 한 없이 미워지고
좋은 기억만 생각하고 좋은 날만 생각하며
황혼의 미래를 그린다

골프푸념

뿌옇게 면동이 터져 올라온다
서둘러 눈을 비비고 골프장으로 GO
잔디 위에 밤새 수놓은
옥구슬 들이 구슬프게 반기고 있다

하얀 볼을 힘껏 날렸다
아직 잠이 덜 깨었나
바로 헛스윙으로 몸이 한바퀴
휘청 돌아간다
이래서 새벽 골프는 싫어
괜한 생트집 잡아보고 다음 홀로 향한다

생긴 것도 묘하게 울퉁불퉁 못난 것이
왜 이렇게 칠 때마다 빗나갈까?
혹시 나가 역시 나다
물 오른 예쁜 잔디만 파 놓고 또 간다

벙커는 왜 이렇게 많은지
들어가면 탈출 못하고
슬그머니 들고 나온다
용왕님 전에 가면 틀림없이 퐁당이고

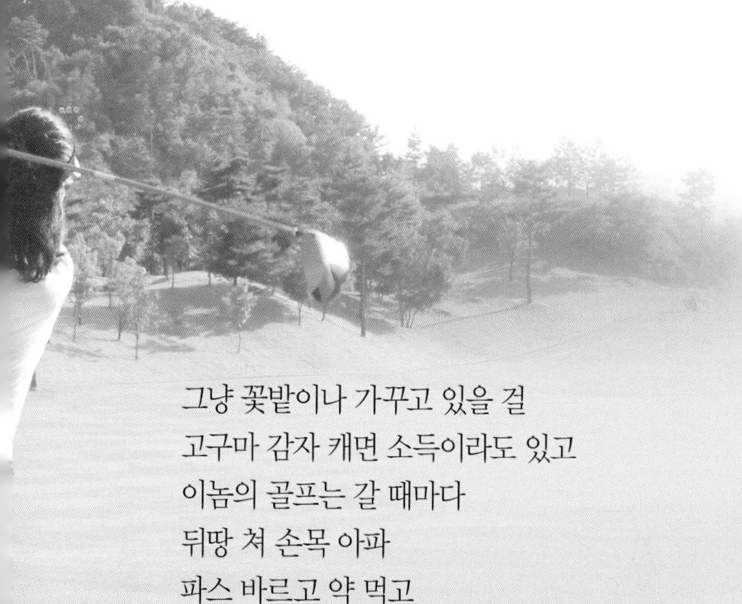

그냥 꽃밭이나 가꾸고 있을 걸
고구마 감자 캐면 소득이라도 있고
이놈의 골프는 갈 때마다
뒤땅 쳐 손목 아파
파스 바르고 약 먹고
당장 그만 두고 싶다

이 좋은 새벽에 예쁜 잔디
보기만 해도 힐링인데
골프가 기분과 몸을 망치고 있다

10월의 어둠 사이로

10월의 스산함이
가을을 가져가고
옷깃을 여미게 한다

비는 계절을 잊은 듯
주절주절 아스팔트를 적신다
원하지 않는 손님

칠흑 같은 어둠은
가로등 불빛만 빛나게 하고
작은 빗줄기는 초라하게
흐느적거린다

바람이 훑고 지나간 자리엔
아직 단풍도 들지 못한 낙엽들이
서글프게 비에 젖어 흐느끼고

창가에 스며드는 스산함이
잠을 이루지 못하게 한다

유난히 일찍 가려는
10월을 부여잡고 어둠 사이로
빗속을 걸어본다

고독한 바람의 친구

어둡고 음침한 폐허 속에서
내 공간을 사수하라

멍울진 달빛도 검게 변해서
눈 속으로 사라지고

가지 끝 걸린 어둠은
하늘을 뒤흔든 뒤
파르르 떨며 입 안으로 숨어든다

바람은 아주 미세하게 어둠을 밀어내고
묵은 연서[戀書]를
바람의 속삭임에 밀어버린다

꺼져가는 심장
깨져가는 사랑

무언의 아픔은 돌아돌아
그림자를 만들어 존재하며
고독한 바람의 친구다

파도 위를 여행하며

석양이 붉게 바다 위에 누웠다
길게 꼬리를 남기며
떠나는 나의 배는
여행의 묘미를 길게 남긴다

긴 여정 짧은 삶이 바다위를
떠돌아 가시 같이 가슴에 박힌다

파도는 일렁이며 뒤척이고
바람은 커다란 소리를 내며
밤의 적막을 끄집어낸다

멀어져가는 석양을 애처롭게 바라보며
가슴을 에인다

고개 숙여 눈을 감고
일렁이는 파도에 몸을 던져두고
검게 물든 아픔을 파도에 날려버리자

걷잡을 수 없는 두려움도
깊숙이 던져버리자

비바람이 오면

바람이 인다
뜨거운 열기가 바람 속으로
빨려 들어간다

소나기가 곧 올 것 같은
짖궂은 날씨다
파파야 나뭇잎들이 춤을 춘다

바나나 나무는 못났고
푸른 열매에 몸이 반쯤
기울어져 있는데

많은 비바람이 오면
넘어질 것 같아
맘이 쓰인다